Monsieur
GROGNON

Collection MONSIEUR

MONSIEUR MADAME
MONSIEUR MADAME

Monsieur
GROGNON

Roger Hargreaves

hachette
JEUNESSE

Monsieur Grognon portait bien son nom !

Chaque matin, quand son réveil sonnait,
il grognait :

— Bouh !
Encore une nouvelle journée qui commence !

Chaque après-midi,
quand il se promenait dans la campagne,
il rouspétait :

— Bouh ! Je déteste la campagne !

Ce jour-là, il venait de le dire une fois de plus,
quand quelqu'un apparut par magie.

Tu devines qui ?

Oui, c'était un magicien.

Un magicien à qui monsieur Grognon osa dire :

— Bouh ! Je déteste les magiciens
qui apparaissent par magie.

— Ah, bon ? fit le magicien.
Eh bien, moi, je n'aime pas les gens
qui grognent et rouspètent sans arrêt.
Ces gens qui ont un caractère de cochon,
moi, je les transforme en...

... petit cochon !

Et le magicien disparut.

Et monsieur Grognon eut peur
de rester un petit cochon toute sa vie.

Mais cinq minutes plus tard,
par magie, bien entendu,

il redevint ce qu'il était.

Il reprit son chemin
et passa devant chez madame Boute-en-Train.

— Entrez donc ! lui dit-elle.
Je donne une fête.

Monsieur Grognon entra,
mais quand il entendit les cris et les rires
des invités de madame Boute-en-Train,
il grommela :

— Bouh ! J'ai horreur des cris et des rires !
Il aurait mieux fait de se taire.

Le magicien réapparut et dit :

— Je vois que ma première leçon n'a pas suffi !
Pour vous apprendre à ne plus grogner,
rouspéter, grommeler,
je ne vais pas vous transformer
en petit cochon, mais en...

... gros cochon !

Ça ne plut pas du tout à monsieur Grognon !

Mais ça amusa beaucoup madame Boute-en-Train et tous ses invités.

— S'il vous plaît, implora monsieur Grognon,
faites-moi redevenir comme avant !
C'est promis, jura-t-il,
plus jamais je ne grognerai,
rouspéterai, grommellerai !

Le magicien eut pitié de lui,
le fit redevenir ce qu'il était,
puis s'en alla.

Alors madame Boute-en-Train sauta sur la table
pour faire le clown
et amuser monsieur Grognon.

Mais il ne rit pas.

Il ronchonna :

— J'ai horreur des dames
qui font le clown sur les tables.

Et ce qui devait arriver arriva.

Il devint...

... un énorme cochon.

Un énorme cochon rouge de honte !

Cet énorme cochon rouge de honte
jura solennellement :

— Plus jamais je ne grognerai, rouspéterai,
grommellerai, ronchonnerai !
— C'est bien, dit le magicien
en réapparaissant.

Et monsieur Grognon redevint ce qu'il était.

Ou presque !

Regarde le beau sourire qu'il fit.

Étonnant, n'est-ce pas ?

Ensuite, monsieur Grognon rentra chez lui.

Et fatigué par sa journée,
il se mit tout de suite au lit.

Cette nuit-là, ni il ne grogna,
ni il ne rouspéta, ni il ne grommela,
ni il ne ronchonna.
Oh, non!

Il...

... ronfla !

RÉUNIS VITE LA COLLECTION ENTIÈRE

1 MME AUTORITAIRE
2 MME TÊTE-EN-L'AIR
3 MME RANGE-TOUT
4 MME CATASTROPHE
5 MME ACROBATE
6 MME MAGIE
7 MME PROPRETTE
8 MME INDÉCISE

9 MME PETITE
10 MME TOUT-VA-BIEN
11 MME TINTAMARRE
12 MME TIMIDE
13 MME BOUTE-EN-TRAIN
14 MME CANAILLE
15 MME BEAUTÉ
16 MME SAGE

17 MME DOUBLE
18 MME JE-SAIS-TOUT
19 MME CHANCE
20 MME PRUDENTE
21 MME BOULOT
22 MME GÉNIALE
23 MME OUI
24 MME POURQUOI

25 MME COQUETTE
26 MME CONTRAIRE
27 MME TÊTUE
28 MME EN RETARD
29 MME BAVARDE
30 MME FOLLETTE
31 MME BONHEUR
32 MME VEDETTE

33 MME VITE-FAIT
34 MME CASSE-PIEDS
35 MME DODUE
36 MME RISETTE
37 MME CHIPIE
38 MME FARCEUSE
39 MME MALCHANCE
40 MME TERREUR
41 MME PRINCESSE

DES **MONSIEUR MADAME**

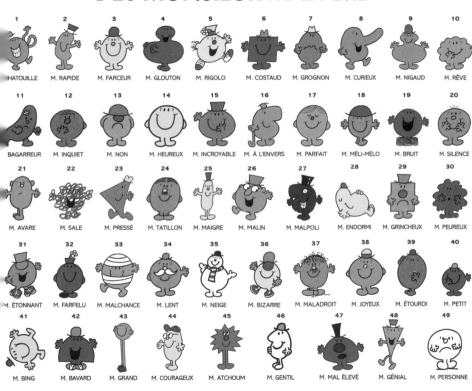

Édité par Hachette Livre - 43, quai de Grenelle, 75905 Paris Cedex 15
ISBN :978-2-01-224811-3
Dépôt légal : janvier 1992
Loi n° 49- 956 du 16 juillet 1949, sur les publications destinées à la jeunesse.
Imprimé par IME (Baume-les-Dames), en France